KB213032

華城西齋集

화성서재집

右庵 尹信行 自吟集

右庵 尹信行 著

㈜이화문화출판사

華城西齋集을 發行하며…

나는 1945년 해방둥이로 이 세상에 태어나 삶의 여정을 거듭한 지 올해로 고희가 되었다. 한때 우리나라는 서양인으로부터 아침의 나라라는 호칭을 받은 적이 있다. 다시 말하면 아침의 신선함보다는 아직 문명의 이면에서 살고 있다는 의미가 더욱 깊이 새겨진다. 사실 우리들 삶의 시공에는 그 시절 오직 의식주 하나에만 모든 관심이 일관된 고통의 시절이기도 하다.

시대는 바뀌어 우리의 삶은 많은 문명의 혜택 속에 행복을 누리고 저마다의 인생에 추구하는 길을 가고 있다. 그 삶의 방식이 옳고 그름의 정의를 가린다는 것은 불가능한 일이겠으나 어쩌면 삶은 운명이라는 굴레 속에 예측 불가능한 저마다의 길이 정해져 있는 것 같다.

나는 일찍부터 철학에 심취했었고 우연한 기회에 서예를 익히게 된 후 그 묵향에 매료되어 30대 중반에 서예학원을 운영하며 붓과의 숙명적 고락을 함께한 후 지금까지 墨書의 길을 가고 있음에 천지신명께 감사하고 고마울 따름이다. 나날이 삶의 전부였던 詩·書·畵의 긴 여정에 늘 깨달음에 대한 갈증을 느끼며 고갈되어 가는 생의 日月을 태우며 생전에 詩 및 수 남기겠다는 초욕구는 버릴 수 없었고 그동안 틈틈이 낙서한 시구를 정리하여 서예학원을 경영하며 습득된 초서와 전서를 곁들여 간행하였다.

나는 詩書畵 모든 학문에 아직 한없이 미숙하다는 것을 잘 알고 있으며 또 더 많은 지식을 담아 놓을 수 없는 나의 그릇에 한계를 통감하는 바이다.

그러나 이제 한탄한들 무엇하랴. 또한 나만의 가슴속 이야기를 누가 대신해 줄 건가. 차라리 현재 나의 모습이 운명이라면 내 모습 그대로를 적으면 그뿐이리라. 歲月以後는 歷史에 맡긴다.

다만 이 책과 인연이 있어 어느 땐가 만나게 될 詩書를 즐기는 분들께 작품을 구성하는데 조금이라도 참고가 될 수 있다면 더 바랄게 없다.

어느덧 七十 古稀에 이르러 이 책이 나오기까지 물심양면으로 도움을 주신 영가문화사 金禧東 선생님과 고강 유병리 선생님 그리고 서예문인화 李洪淵 사장님께 심심한 감사를 드리며 今生에 인연 있는 모든 분께 심심한 감사를 드린다.

2014년 5월

華城西齋主人 右庵 尹信行

右庵 自吟集 華城西齋集 出刊을 祝賀하며…

옛날 聖人이 말씀하시기를 詩를 읽고 詩로서 自己의 뜻을 펼치게 되면 人性이 教化되어 착한 이는 더욱 善良해지고 惡한 이는 改過遷善하게 되어 世上 모두가 훌륭한 人品의 사람들로 가득 찬다 하였다. 孔子님께서 말씀하시기를 詩 三百篇에 思無邪라 하였다.

漢詩는 그만큼 사람에게 感動을 주는 精神的 支柱로 선비는 물론 庶民에 이르기까지 우리의 先賢들은 忙中閑에 風流를 즐기는 멋과 餘裕로 폭 넓게 基盤을 넓혀가며 綿綿히 이어져 왔다.

解放以後 外來文化와 文明의 利己로 漢詩가 차츰차츰 그 命脈이 衰殘해지고 漢文教育을 疎忽히 하는 教育政策의 餘波로 漢字를 工夫하는 者가 적어 國學發展에 重大한 錯誤를 일으키고 있어 漢詩가 斷絶될 危機에 놓여 있는 것이 事實이다. 그러나 다행스러운 것은 전국 곳곳에 漢詩復興으로 많은 詩人들이 詩集을 出刊하고 發表하는 運動으로 展開하니 이 어찌 기쁜 일이 아니겠는가?

어느 날 우암 윤신행 선생께서 薄弱한 저에게 漢詩集出刊에 序文을 請하여 辭讓했으나 끝내 뜻을 이루지 못하고 詩文을 보니 五言絶句와 七言絶句가 百餘篇으로된 珠玉같은 詩句였다. 특히 先生이 四가지로 分類한 「華城」 「自然」 「禮路」 「誠心과 人生」으로 볼 때 「華城」은 水源이 선생의 삶에 터전이라 華城에 관한 일들을 많이 읊었고 「自然」은 旅行하며 비춰진 글을 많이 읊었으며 「藝路」는 書藝를 通하여 仁義禮智信의 精神을 두어 배움과 後學教訓 힘썼고 「誠心과 人生」은 先生의 全貌를 보는 듯하다.

本來 先生은 性品이 素朴하고 才能이 남달리 뛰어나 現在 書藝作家로 各種 書畵展에 審査를 多數歷任하고 韓國書藝教育協會 京畿道支部長이시니 우리 社會의 發展에 功이 있는 것은 世上이 아는 事實이다. 그간 詩集出刊은 「한 그루 해송이 되어」 「아픔을 세월 흐른 뒤 아름다움이었 다」가 있으며 著書에는 荣根譚前集과 千字文을 篆書로 쓰고 千字文을 隸書로 써서 出刊하여 後學에게 큰 指針이 되기도 하였다. 또한 個人展을 수차례 通하여 書藝·文人畵·韓國畵에도 수 준 높은 作品을 선보여 果然 詩書畵에 能하시니 감히 三絶作家라 할 수 있다.

詩에 관한 來歷과 전말을 다 記錄하지는 못하였지만 원컨대 이 詩集이 한 권의 册으로 이뤄져 여러 賢人과 後學에게 큰 指針書가 되었으면 한다.

2014년 5월
享樂齋에서 杲岡 俞炳利 書

五言絶句(오언절구)

華城(화성)

華城八達山(화성팔달산)

點綴紅花發
점철홍화발
登高開眼前
등고개안전
將臺山頂在
장대산정재
名播八紘鮮
명파팔굉선

산에는 여기저기 붉은 꽃 피었는데
높은 데 오르니 눈앞이 확 트이네.
서장대(西將臺)는 산꼭대기에 있으니
이름이 온 세계로 퍼져 나가네.

右庵西齋(우암서재)

華城爲寓邑
화성위우읍
養志卅年過
양지십년과
刻苦營書室
각고영서실
主人鬢髮皤
주인빈발파

화성을 임시로 사는 마을로 삼았는데
뜻을 기르기 40년이 지났네.
어렵게 서실(書室) 하나 마련하니
주인은 어느덧 백발이 되었네.

華城八達山(화성팔달산)

春深八達山
춘심팔달산
樓榭各堪看
누사각감간
北麓如屛立
북록여병립
健陵嘗顧槃
건릉상고반

봄이 깊은 팔달산에는
누대와 정자들이 모두 볼만하네.
북쪽 기슭은 병풍처럼 서 있으니
정조대왕 일찍이 돌아보신 자리이네.

華城遲遲臺(화성지지대)

遲遲臺上路
지지대상로
擧動軍民迎
거동군민영
陵省吾君謹
능성오군근
回想駐鑾聲
회상주란성

지지대 길고 긴 길에
임금님 거동을 군민이 맞이하였네.
능묘를 우리 임금 삼가서 돌아보셨으니
말방울 소리가 들리는듯 회상(回想)하네.

華城(화성)

正祖魂盤郭
정조혼반곽
堞邊吹薰風
첩변취훈풍
將臺山頂在
장대산정재
墨客詩情蒙
묵객시정몽

정조의 정기 성곽에 서리니
치첩 가에 훈풍이 부는구나.
서장대는 산꼭대기에 있는데
묵객은 시(詩) 지을 마음이 생기는구나.

華城(화성)

窓外華城見
창외화성견
思親正祖迎
사친정조영
空心墩月掛
공심돈월괘
鶴唳萬年聲
학려만년성

창밖에는 화성이 보이니
어버이 생각 깊던 정조를 맞이하던 곳
공심돈 포루 위에 달은 걸려 있는데
학이 우는 것은 만년(萬年)의 소리.

目次(続)

無主空山(무주공산)

청산은 주인이 없다

洞深雲石出
동심운석출
林疎水照空
임소수조공
青山無主說
청산무주설
跋涉往來躬
발섭왕래궁

골이 깊으니 구름은 바위 위에 생기고
숲은 성글고 물속에 하늘이 떠 있네.
청산은 본래 주인이 없다고 하니
산 넘고 물 건너 몸소 왕래하네.

遠屋野水(요옥야수)
울타리 옆으로 맑은 물이 흐른다

遠屋清流水
요옥청류수
綠堤夏氣幽
녹제하기유
騷人無冗事
소인무용사
洲碧釣翁舟
주벽조옹주

집을 둘러 맑은 물이 흐르고
푸른 언덕에는 여름기운 가득하다.
시인은 부질없는 일이 없으니
푸른 물가에 낚시하는 늙은이.

山靜松高(산정송고)
산은 고요하고 송은 높이 솟네

山深巖角險
산심암각험
谷狹有灘聲
곡협유탄성
樹秀晴天近
수수청천근
閒遊飛鶴鳴
한유비학명

산은 깊어 바위 모서리가 험하고
계곡이 좁아 여울소리가 있구나,
맑은 하늘 사이에 나무들이 빼어나고
학은 날며 한가히 노래하네.

山水圖(산수도)
산과 들을 그림

綠樹江邊立
녹수강변립
黃花巷裡淸
황화항리청
山高天闕近
산고천궐근
雲霧隔鷗聲
운무격구성

푸른 나무들이 강변에 서 있고
국화꽃은 마을 안에 맑게 피었네.
산은 높아 하늘궁이 가까우니
구름 안개 속에 갈매기 노래 소리 들린다.

遺興(유흥)

흥겨움을 끼치다

窮谷源泉決
궁곡원천결
松風始動時
송풍시동시
黃鶯鳴綠樹
황앵명록수
幽趣我獨知
유취아독지

궁벽한 골짜기 샘물이 처음 터지네.
솔바람 처음으로 불기 시작할 때
꾀꼬리는 푸른 나무에서 노래하니
그윽한 흥취를 나만이 알고 있네.

晩夏(만하)
한 여름

夏節交旱雨
하절교한우
農人喜慮深
농인희려심
豊年纔可覘
풍년재가첨
墨客樂山林
묵객락산림

여름철에 가뭄과 장맛비를 번갈아 겪었으니
농사 짓는 이는 기쁨과 시름이 깊었도다.
풍년을 겨우 엿볼 수 있게 되었으니
나는 걱정 없이 산림(山林)의 흥취를 즐기려네.

靑山不變(청산불변)

청산은 변함이 없다

朝開雲氣繞
조개운기요
暮聞松香深
모문송향심
不變靑山古
불변청산고
人間有逞心
인간유정심

아침에 구름 기운 에워싸고 있는 것 열리고
저녁에 푸른 솔잎 향기가 깊다.
청산은 예와 같이 변함이 없는데
인간은 제멋대로 하는 마음들이 있도다.

晚春(만춘)
늦은 봄

山中春已晚
산중춘이만
野處見花稀
야처견화희
深谷淨流激
심곡정류격
林間鳥隊歸
임간조대귀

산중에 봄은 이미 늦어지고
들에 살며 꽃 보기가 드므네.
깊은 골짜기에는 맑은 물이 부딪쳐 흐르고
수풀 사이에는 새떼가 돌아오네.

幽興(유흥)
그윽한 흥취

小屋庭園邃
소옥정원수
依山興趣多
의산흥취다
門前松柏舞
문전송백무
榭後細流歌
사후세류가

작은 집은 정원이 깊숙하니
산을 의지하여 흥취가 많도다.
문전에는 송백이 춤을 추고
정자 뒤에서는 작은 시냇물 노래하네.

茅屋主客(모옥주객)

띠집의 주인과 객

深山茅屋主
심산모옥주
托意白雲間
탁의백운간
坐笑風塵客
좌소풍진객
經霜得道閒
경상득도한

심산 모옥의 주인은
흰 구름 사이에 마음을 의탁하였고
앉아서 웃는 풍진의 객은
풍상(風霜)을 겪어 득도하여 한가롭네.

山水無厭(산수무염)

산과 물은 서로 싫어함이 없다

水綠山無厭
수록산무염
陽靑陰自親
양청음자친
浩然淸閒裏
호연청한리
來往一雙眞
내왕일쌍진

물이 녹색(綠色)이라고 산이 싫어하지 않고
음양이 서로 스스로 친하네.
호연히 맑고 한가함 속에서
오고가는 한 쌍의 신선(神仙)이여.

山居(산거)

산에 살다

地僻人來少
지벽인래소
山深冗事稀
산심용사희
烟霞清谷滿
연하청곡만
村老帶牛歸
촌로대우귀

땅이 외져서 찾는 이 적고
산은 깊어서 할 일도 없네.
안개는 푸른 계곡에 가득하고
촌로는 소를 몰고 집으로 돌아오네.

春景(춘경)

봄 경치

農夫牽牛去
농부견우거
村老午眠深
촌로오면심
大地薰風滿
대지훈풍만
遠山過雨淋
원산과우림

농부는 소를 몰고 밭 갈러 가고
촌 노인은 낮잠이 깊었구나.
대지에는 훈풍이 가득한데
먼 산은 지나가는 비에 젖어 있네.

春景(춘경)

봄 경치

遠野陽炎舞
원야양염무
靑牛盡日耕
청우진일경
農夫晨赴畓
농부신부답
不見遊閑情
불견유한정

먼 들녘에 아지랑이 춤추는데
검은 소는 하루 종일 밭을 가는구나.
농부는 새벽에 일어나 전답으로 가니
한가로이 놀 마음은 보이지 않는구나.

藝路(예로)

예술의 길

詩書畵立志
시서화입지
公職捨已長
공직사이장
毫硯與期約
호연여기약
來生復會堂
내생복회당

시서화에 강한 뜻을 두고
공직을 떠나 생활한 긴 시간
붓과 벼루에 더불어 기약한 날들은
다음 생에 또다시 찾을 수 있기를.

詩書人生(시서인생)

시와 글을 쓰는 삶

詩墨無閒暇
시묵무한가
山家是勝遊
산가시승유
加而裕醉樂
가이유취락
富貴更何求
부귀경하구

글 짓고 글 쓰기에 한가한 시간 없고
산 오두막에 이것이 좋은 놀이라네.
더구나 넉넉히 취해서 좋으니
부귀를 다시 구하여 무엇하리.

藝路(예로)

예술의 길

藝詩通夜習
예시통야습

苦樂相半臨
고락상반림

稀老光陰乏
희노광음핍

奈成三絕夢
나성삼절몽

시서를 밤새도록 익혀왔으며
고난과 즐거움은 상반되어 찾아 왔도다.
칠십 노인이 광음이 얼마 없으니
어찌하면 삼절몽을 이룰 것인가?

詩詞尤難(시사우난)
시의 글은 더욱 어렵다

翰墨常爲樂
한묵상위락
我期三絕謀
아기삼절모
詩書難接物
시서난접물
切琢輔仁修
절탁보인수

한묵으로 항상 즐거움을 삼으니
나는 시서화 삼절을 도모하려네.
시서의 길은 좋아하나 접하기 어려우니
절차탁마하여 사제 간에 도와서 배우려네.

靑雲不歸(청운불귀)
젊음은 다시 오지 않고

草廬數三造
초려수삼조
清老覺身安
청노각신안
池習光陰盡
지습광음진
靑雲再不看
청운재불간

초려로 지은 몇 칸의 집에
맑게 늙으니 몸이 편안함 느끼네.
글씨공부하기 위해 세월을 다 허비하고
청운은 두 번 다시 바라볼 수 없구나.

古人詩(고인시)

옛 사람의 시

研墨心身定
연묵심신정
學書君子期
학서군자기
文中佳香滿
문중가향만
又誦古人詩
우송고인시

먹 갈아 심신을 안정시키고
글씨 배워 군자 되기 기약하네.
글 가운데 아름다운 향기 가득하니
또 옛 사람의 시를 읊으네.

志學(지학)

학문에 뜻을 두다

志學陶潛效
지학도잠효
武夷九曲長
무이구곡장
風流兼求得
풍류겸구득
藝道自生芳
예도자생방

학문에 뜻을 두고 도연명 흉내 내니
무이산은 아홉 구비가 멀도다.
풍류와 학문을 겸하여 얻었으니
예술의 길에는 자연히 꽃향기가 생기네.

愛墨(애묵)

먹을 사랑하다

硯親毫墨愛
연친호묵애
藝路遠時期
예로원시기
書道得難事
서도득난사
學基好勤耆
학기호근기

벼루와 친하고 붓글씨 사랑하나
예술의 길은 멀고 늦은 것을 기약하네.
서도의 길이란 참으로 얻기 어려운 길이나
배움을 즐기고 힘써 함께 하느니라.

仁知心(인지심)

어진 마음

我慙無識去
아참무식거
偶墨詩書逢
우묵시서봉
學道未知境
학도미지경
至翁心鏡聰
지옹심경총

내가 무식하게 사는 것이 부끄럽던 차에
우연히 필묵과 시서를 만나게 되었다.
배움의 길은 경계가 없는 미지의 세계라 하나
늙음에 이르러 마음은 더욱 맑아지네.

志學(지학)
학문에 뜻을 두다

不學爲愚者
불학위우자
經書作貴人
경서작귀인
能文千載寶
능문천재보
貪物一浮塵
탐물일부진

배우지 않으면 어리석은 사람이 되고
경서는 귀한 사람 만들어 내니
글 잘하는 것은 일천 수레에 실은 보배요
물건을 탐하는 것은 하나의 떠다니는 티끌이로다.

華西一八四番地(화서 184번지)

東窓覘棗樹
동창첨조수
小鳥報朝陽
소조보조양
研墨吾家業
연묵오가업
他關作故鄕
타관작고향

동녘 창을 대추나무가 들여다보고
작은 새가 아침 해 떴다고 알려오네.
먹 가는 것이 내 집의 사업이니
그것으로 타관이 고향되었도다.

藝道(예도)
서화의 길

山居何爲樂
산거하위락
生平筆墨知
생평필묵지
道遠當有苦
도원당유고
藝豈敢休思
예기감휴사

산에 살면 무엇으로 낙을 삼는가?
평생 필묵만을 알고 있네.
길이 멀면 당연히 괴로움이 있지만
예술을 함에 어찌 감히 생각을 게을리할 수 있으랴.

右庵亭(우암정)

春光花圃滿
춘광화포만
窓外靄蒙城
창외애몽성
我蟄庵亭裡
아칩암정리
詩書勤課程
시서근과정

봄빛이 꽃밭에 가득한데
창밖의 화성에는 아지랑이 어리네.
나는 우암정(右庵亭)에 칩거(蟄居)하는 가운데
시서화를 과정(課程) 따라 부지런히 익히네.

詩書忘塵(시서망진)

시서로 진세를 잊어버리다

讀書世路識
독서세로식
詩畵忘塵思
시화망진사
億劫輪回裏
억겁윤회리
淸深無慾耆
청심무욕기

독서로 세상 살아가는 길 알게 되고
시서화로 진세의 생각을 잊네.
억겁을 윤회(輪回)하는 인연(因緣) 가운데
맑고 욕심 없이 늙어가네.

白髮(백발)

흰 머리

青雲夢未覺
청운몽미각
歲月已過江
세월이과강
書道無終焉
서도무종언
吾尙不投降
오상불투항

청운의 꿈에서 아직 깨어나지 못하였는데
세월은 이미 강물과 같이 흘러 갔도다.
서도의 길은 끝이 없는데
나는 아직도 항복(降服)하지 않고 있네.

生涯藝思(생애예사)

살면서 예를 생각하다

安閒豈樂長
안한기락장
生涯覺仁知
생애각인지
遠行懷未不
원행회미불
路迷無藝思
노미무예사

편안하고 한가한 것이 어찌 긴 즐거움이겠는가
삶 속에서 깨달음과 어짐을 아는 것이려니
먼 길 가는 것이 후회 없을 리 없겠지만
삶의 길에 미혹하지 않음은 예술을 생각함에 있다.

誠心과 人生(성심과 인생)

誠義奉仕心(성의봉사심)
정성스럽게 봉사하다

誠義常規道
성의상규도
仁情我瑞燈
인정아서등
平生心奉仕
평생심봉사
自爾豊饒增
자이풍요증

정성과 의리는 항상 지켜야 할 도리이며
인정은 나의 상서로운 등불이네.
평생 봉사하는 마음으로 세상을 살아가면
풍요는 스스로 한층 더 많아지네.

偶吟(우음)

우연히 읊음

獨自逍遙路
독자소요로
愚居謝世塵
우거사세진
何生分已定
하생분이정
花發喜靑雲
화발희청운

어차피 홀로 소요하는 세상길에
어리석게 살며 세상티끌 떨쳐버렸네.
어찌하여 인생은 이미 분수가 정해졌는가
꽃피니 젊음의 꿈이 기쁘도다.

偶吟(우음)

우연히 읊음

溪邊留好客
계변류호객

詩酒具成仁
시주구성인

醉綠忘情世
취록망정세

西山靄繞身
서산애요신

시내 언덕에는 좋은 벗이 머물고
시(詩)와 술 갖추어 친애(親愛)함을 이루었네.
푸르름에 취해 세상사 잊어버리고
서산(西山)은 저녁노을을 몸에 둘렀네.

心閑足(심한족)
마음이 한가하니 걱정이 없고

山深泉愈響

산심천유향

樹聳綠陰靑

수용록음청

草屋心閑足

초옥심한족

全無羨華庭

전무선화정

산이 깊으니 샘물소리 더욱 울리고

나무가 높이 솟으니 녹음은 더욱 푸르다.

초옥 한가해 마음이 족하니

좋은 집 부러워할 일이 전혀 없구나.

自然(자연)

세상 그대로

松柏林中碧
송백림중벽

清風好鳥鳴
청풍호조명

自然多惠澤
자연다혜택

釣叟太公情
조수태공정

송백은 수풀 속에 더욱 푸르고
맑은 바람 부는 데 좋은 새가 울도다.
자연은 베푸는 혜택이 많으니
낚시하는 늙은이는 강태공의 마음일세.

無常(무상)

생각 없음

世路百年願
세로백년원
老衰期必難
노쇠기필난
其間交榮辱
기간교영욕
喜樂雜悲歎
희락잡비탄

세상을 살아감에 누구나 백년 살기를 원하나
늙고 병들어 반드시 기약하기는 어려워
그 사이 영화와 치욕이 교차되니
노래하고 즐기며 슬픔과 탄식을 섞어야 하리.

獨坐榮辱(독좌영욕)
홀로 앉아 영욕을 생각하다

獨坐思塵世
독좌사진세
山明半月高
산명반월고
盈虧都底事
영휴도저사
榮辱詩與毫
영욕시여호

홀로 앉아 세상일 생각하는데
산은 밝으니 반월(半月)이 높이 떴네.
차고 기우는 것은 도대체 무슨 까닭인가
영욕(榮辱)은 시와 붓과 더불어 관계가 있네.

黃菊(황국)

누런 국화

黃菊庭前發
황국정전발
晚秋擅傲霜
만추천오상
淵明與爾樂
연명여이락
我亦嗜君香
아역기군향

노란 국화가 뜰 앞에 피니
늦가을에 멋대로 서리를 우습게 보는구나.
도연명은 너와 더불어 즐겼는데
나도 그대의 향기를 좋아한다네.

夜起(야기)

밤에 일어나다

長夜無眠起
장야무면기
逍遙亦雅流
소요역아류
詩書窮理際
시서궁리제
砌上六花幽
체상육화유

긴 긴 밤에 잠이 없어 일어나서는
이리저리 소요(逍遙)함도 아름다운 풍류라네.
시서(詩書)의 이치를 곰곰이 생각할 때
섬돌 위에 쌓이는 흰 눈이 그윽하구나.

晩年(만년)

늦은 나이

晩年書畵樂
만년서화락
無慾顔生師
무욕안생사
草露人命似
초로인명사
藝塗無際涯
예도무제애

나이가 들어서는 서화를 즐기고
욕심 없기로는 안연(顔淵)을 본 받으려 애쓰네.
풀에 맺힌 이슬이 인명과 비슷한데
예술의 길은 한도 끝도 없도다.

人生四季(인생사계)

삶의 유년·청년·장년·노년

幼是知能啓
유시지능계

薰風赴學林
훈풍부학림

秋霜紅葉染
추상홍엽염

老境藝魂深
노경예혼심

어렸을 때 지능(知能)이 계발(啓發)되고
훈풍 부는 한창 때는 학교에 다녔었지
풍파(風波)를 겪으면서 단풍은 물이 들었고
나이 들어서는 예술정신 깊어지네.

懷恨(회한)

품은 한

塵世夢來往
진세몽래왕
樵夫生亦同
초부생역동
秋悲蟋蟀客
추비실솔객
悔恨滿山楓
회한만산풍

진세의 꿈도 결국 왔다가 가는 것이니
초부의 생애 또한 그러하구나.
가을이라 귀뚜라미를 슬퍼하는 나그네여
만산(滿山)의 단풍을 보고 뉘우치는 마음일세.

浮生(부생)
뜬 세상

春深飛鳥樂
춘심비조락
葩落雨聲中
파락우성중
石火人生裏
석화인생리
詩書畫挺躬
시서화정궁

봄이 깊으니 새는 즐거이 날고
꽃은 빗소리 나는 가운데 떨어지네.
석화(石火)와 같이 짧은 인생 속에서
시서화에 몸을 바치네.

右庵生涯(우암생애)

老去分明事
노거분명사
詩書甚樂知
시서심락지
乾坤原理順
건곤원리순
盡墨耕田耆
진묵경전기

늙어가며 분명히 알게 된 것은
시서의 삶은 매우 즐겁다는 것
건곤의 원리(原理)에 순응(順應)하면서
먹이 다할 때까지 필경(筆耕)하며 늙어가네.

自閑(자한)
스스로 한가함

獨瞑坐想夜
독명좌상야
無際慮飛輕
무제려비경
至樂詩書癖
지락시서벽
吾生道自明
오생도자명

홀로 앉아 명상에 든 밤에
끝없이 생각은 가벼이 날아본다.
지극히 즐거운 것은 시서와 함께함이니
나의 사는 길, 스스로 분명하네.

懷恨(회한)

가슴에 품은 한

春氣凝新設
춘기응신설
滿香靑綠林
만향청록림
秋風飛赤葉
추풍비적엽
老境顔昏深
노경안혼심

봄바람 엉기어 새 삶이 열리고
가득한 향기 속에 청록의 숲이 되었네.
가을바람 불어오니 어느덧 홍엽은 날리고
노인의 얼굴에는 황혼이 깊다.

靑雲未雪降(청운미설강)

청운의 뜻은 아직 버리지 못했는데
머리 결에는 백설이 내린다

靑雲夢未發
청운몽미발
歲旣學過離
세기학과리
文道無終路
문도무종로
我頭白雪窺
아두백설규

청운의 꿈은 아직 열지 못하였는데
배움의 세월은 이미 흘러갔도다.
배움의 길은 끝이 없는 길이긴 하지만
세월의 머리에는 흰 눈이 보이는구나.

七言絶句(칠언절구)

華城(화성)

茶山有感(다산유감)

다산 선생을 생각하며

槿域疆土有華城
근역강토유화성

茶山四海動名聲
다산사해동명성

奉仕實學輕民瘼
봉사실학경민막

胸裏所望萬歲亨
흉리소망만세형

무궁화 만발하는 강산에 화성이 있으니
다산의 이름은 사해를 진동하도다.
봉사정신 실학으로 민막(民瘼)을 경감하였네.
님의 가슴에 품은 소망 만세토록 형통하소서.

華虹門(화홍문)

무지개를 상징하여 만든 아치형 다리

七色虹門孝悌爲
칠색홍문효제위
淸溪風雨德仁宜
청계풍우덕인의
樓簷挂月徊城郭
누첨괘월회성곽
千載水聲期約僖
천재수성기약희

일곱 빛깔 화홍문은 효심을 만들고
청계의 풍우는 인과 덕이 마땅하네.
누각 처마에 걸린 달은 성곽을 배회하며
천년을 흐르는 물소리 기쁨을 기약하네.

華城(화성)

東國賢王正祖魂
동국현왕정조혼
茶山情氣繞城門
다산정기요성문
千年古邑名傳世
천년고읍명전세
愼守時修永保存
신수시수영보존

동국의 어진 임금 정조의 혼이 서리고
다산의 정기는 성문에 감도는데
천년 오래된 도읍 화성 이름을 세계로 전하니
삼가 지키고 때때로 수리하여 영구히 보존하리라.

華虹門(화홍문)

무지개를 상징하여 만든 아치형 다리

七色虹門抱心爲

칠색홍문포심위

千年谷水橋下僖

천년곡수교하희

微風樓閣月孤客

미풍루각월고객

不息流聲歌樂喜

불식류성가락희

일곱 빛깔 무지개를 가슴에 품고

천년의 골짜기 광교산 물은 화홍문 아래를

기쁘게 흐르네.

미풍의 누각에는 외로운 달이 손님이요

쉬지 않는 물소리는 기쁨의 노래일세.

華虹門(화홍문)
무지개를 상징하여 만든 아치형 다리

華虹七彩廣橋水
화홍칠채광교수
城郭挂柳微動美
성곽괘류미동미
蘂信春風地共天
예신춘풍지공천
滿庭紅色雨陽委
만정홍색우양위

화홍문 무지개는 광교수가 만들고
성곽에 걸린 버들가지는 살포시 움직이네.
꽃소식 봄바람은 땅과 하늘에 가득한데
만정한 홍색은 비가 오나 해가 나나 내버려 두네.

華城日常(화성일상)

화성에서의 하루하루

華城結廬寓淳風
화성결려우순풍
愛好山花訪寺躬
애호산화방사궁
廣大無邊仁德備
광대무변인덕비
詩書畵道有情翁
시서화도유정옹

화성에 집을 지어 순박한 풍류에 붙혀 살고
산화(山花)를 사랑하여 몸소 절을 찾네.
광대무변의 세상에 어짐과 덕의를 갖추고
시서와 삼절의 길에 마음이 있는 노인이라네.

華虹春景(화홍춘경)

華虹水淑光橋經
화홍수숙광교경
鯉沃柳邊有雅亭
이옥류변유아정
花發春深新草木
화발춘심신초목
前山紅色後庭靑
전산홍색후정청

화홍문 맑은 물은 광교로부터 발원하고
잉어는 살찌고 버들가지 실 같은 방화수류정
꽃피는 계절 봄이 깊으니 초목은 새로운데
앞산은 붉은 색이요 뒤뜰은 푸르도다.

華城(화성)

構想遷都正祖魂
구상천도정조혼
茶山學緒華城源
다산학서화성원
千年期約我遺産
천년기약아유산
奉載傳燈愼保存
봉재전등신보존

천도를 구상한 것은 정조대왕 정신이며
다산학의 실마리는 화성이 근원이라네.
천년을 기약하는 우리의 유산
높이 받들어 전등하며 삼가 보존하세.

華城(화성)

深處綠流八達園
심처록류팔달원
千年古蹟美虹門
천년고적미홍문
茶山悔恨空心墩
다산회한공심돈
正祖孝誠盤結源
정조효성반결원

깊고 푸른 숲에 맑은 물 흐르는 팔달산
천년고적인 아름다움의 일곱 빛깔 화홍문
다산의 회한으로 속이 빈 돈대(墩臺) 있고
정조대왕의 효성 어린 근원이라네.

華城我耆(화성아기)

화성에서 나의 늙어가는 삶

藝鄕華城我席耆
예향화성아석기
詩畫書人同樂期
시화서인동락기
每集文壇來馥郁
매집문단래복욱
因緣所重相親宜
인연소중상친의

예향인 수원에서 나는 노인의 자리를 차지하니
시서화하는 사람들과 동락하기 기약하네.
늘 문단에 모일 때마다 향기가 물신 몰려오는데
인연이 소중하니 서로 친함이 마땅하리라.

華城有感(화성유감)

화성의 감회

華城西郭我居爲
화성서곽아거위

産業文明共作耆
산업문명공작기

八達門前商店列
팔달문전상점열

孝親正祖敎孫其
효친정조교손기

화성 서쪽 성곽 앞에 내 집을 만드니
산업과 문명이 모두 오래 되었다네.
팔달문 앞에는 상점이 늘어섰고
부모에게 효도한 정조는 그것을 후손에게
가르쳤네.

寫古松(사고송)

소나무를 그리다

卓高蒼松幾世經
탁고창송기세경
人間百歲比如萍
인간백세비여평
遲臺路上仁君謁
지대로상인군알
八達山亭我寫形
팔달산정아사형

높고 높은 푸른 솔 몇 세대나 겪었는가?
인간이 백세를 산들 비교하면 부평초와 같도다.
너는 지지대 길에서 어진 임금 뵈었는데
나는 팔달산 정자에서 그 모습을 그린다.

目汝(江西)

晩秋(만추)

늦가을

晩秋深谷掩寒氣
만추심곡엄한기
靑綠峻峯楓落時
청록준봉풍락시
萬里無雲消一點
만리무운소일점
江南歸燕作群飛
강남귀연작군비

늦가을 골짜기는 한기가 덮었는데
청록의 준봉에는 어느덧 단풍이 지네.
만리 구천(九天)에는 구름 한 점 없고
강남 돌아갈 제비는 무리지어 나네.

紅島(홍도)

險岸奇峰水碧間
험안기봉수벽간
只嬉前識海邊顔
지희전식해변안
國中絕景紅島至
국중절경홍도지
山海相和萬古親
산해상화만고친

험한 언덕 기이한 봉우리 푸른 바다 사이에
다만 전에 알던 해변의 얼굴이 반갑도다.
나라에서 제일 절경인 홍도에 도착하니
산과 바다가 서로 화목하여 만고의 친함이라.

老松(노송)

雨風霜雪萬年松
우풍상설만년송
群鶴棲枝恒所逢
군학서지항소봉
寒日獨靑其本色
한일독청기본색
我常寫爾紙箱空
아상사이지상공

비바람과 눈서리에 여러 해 묵은 소나무
군학이 가지에 살아 늘 만난다네.
추운 날 홀로 푸른 것이 그 본색이니
나는 항상 너를 그리며 종이 상자 비운다.

華夜(田五)

讀書得趣(독서득취)

독서로써 뜻을 얻다

讀書忍慾亦夢閑
독서인욕역몽한
寫句安分輒學顏
사구안분첩학안
茅屋無求心自潔
모옥무구심자결
詩思筆想隋時還
시사필상수시환

독서하며 욕심을 참으면 꿈 역시 한가하고
글을 쓰며 안분하며 늘 안회(顏回)를 배우네.
띠집에 구함이 없으니 마음 자연히 깨끗하고
시사(詩思)와 필상(筆想)은 수시로 돌아오네.

綠陰自樂(녹음자락)
푸른 숲에 스스로 즐겁다

綠陰靑山夏日長
녹음청산하일장
岸林深谷水聲涼
안림심곡수성량
溪坡小屋草芳茂
계파소옥초방무
書畵專攻興墨香
서화전공흥묵향

녹음 청산에 여름날은 길고
언덕 숲 깊은 골짜기 물소리 시원하다.
시내 언덕 작은 집에는 방초가 무성하고
서화로 전공하니 묵향 속에 흥이 난다.

右庵亭(우암정)

暮日春深掃落花
모일춘심소락화
胸幽心靜潤香華
흉유심정윤향화
詩書墨樂滿相處
시서묵락만상처
俗客層高不到家
속객층고부도가

봄이 깊고 날이 저무니 떨어진 꽃 쓸어내고
가슴 그윽하고 마음 고요하니 꽃향기에 젖는다.
시서와 묵의 즐거움이 서로에게 가득한 곳에
속객은 계단이 높아 올 수 없는 집이라네.

詩畵終歲(시화종세)

시와 글 그림으로 세월을 보내다

富貴平生難得常
부귀평생난득상
功名蝸角人爭妄
공명와각인쟁망
積書案面思閑業
적서안면사한업
詩畵墨客白髮姜
시화묵객백발강

부귀는 평생동안 항상 얻기 어렵고
공명은 와각상쟁 망녕된 다툼이라.
책 쌓인 책상 대하니 한가한 업 생각하고
시서화 묵객이 되어 백발이 편안하네.

讀書萬卷(독서만권)
만권의 책을 읽다

萬卷讀誦風流珍
만권독송풍류진
畵道人生藝術伸
화도인생예술신
世俗無求常滿足
세속무구상만족
靑春已去老未嗔
청춘이거로미진

만권을 다 읽고 나서야 풍류가 재미있고
화도(畵道)의 인생으로 예술을 신장하네.
세상사 구함이 없으니 항상 만족하며
청춘은 이미 갔으나 늙었다고 화 내지 않네.

隱逸(은일)

숨어 살다

隱士無官生苦行
은사무관생고행
捿身茅屋滿書香
서신모옥만서향
門前樹蔭聽禽囀
문전수음청금전
墨氣案邊雲客常
묵기안변운객상

은사는 무관으로 살아 고생스럽다 하나
띠집에 몸을 의지해도 글 향기 가득하네.
문전의 나무 그늘에서 새들의 노래소리 듣고
묵의 기운 서린 책상 가에는 객이 구름처럼 모이네.

一尺竹管(일척죽관)
한 자루의 붓

尺竹毫元亨利貞
척죽호원형이정
常令劬勞紙田耕
상령구로지전경
忽然山水鳥花畵
홀연산수조화화
藝道憑君得結晶
예도빙군득결정

한 자의 죽관과 터럭이 원형이정으로
마음에 이르니
수고로움 끼쳐서 내 지전(紙田)을 갈게 하네.
문득 산수와 화조(花鳥)를 그리니
예도(藝道)에서 그대 의지하여 결정(結晶)을 얻는구나.

右庵書室(우암서실)

右庵旅路水城經
우암여로수성경
書室營爲學者迎
서실영위학자영
所重緣分各力耕
소중연분각역경
墨香滿堂有其名
묵향만당유기명

우암의 여행길이 수원화성을 거쳐 가며
서실을 영위하여 배우는 사람 맞이했네.
인연을 소중히 하여 각자 힘써 밭을 가니
묵향이 집에 가득하여 그 이름이 있도다.

미래의 인간 (뭐였더라)

敎育(교육)

가르치며 기른다

藏書萬卷可敎子
장서만권가교자
遺金滿籝常作災
유금만영상작재
自古東西爲鐵則
자고동서위철칙
人家訓育但成財
인가훈육단성재

소장(所藏)한 서적 만 권으로 가히 자식을
가르치고
물려준 상자에 금 가득하면 늘 재앙이 된다.
예부터 동서양이 철칙으로 삼는데
사람의 집에서는 재산형성만 가르치는구나.

統一祈願(통일기원 2013년 1월 6일)

東邦八道照朝陽
동방팔도조조양
淸淨槿花南北芳
청정근화남북방
癸巳元年統一紀
계사원년통일기
後孫當念國威揚
후손당념국위양

동국팔도에 아침 해가 비치니
청정한 남북에 무궁화꽃 아름답다.
계사 원년은 통일의 기원(紀元)이니
후손들은 마땅히 국위선양 생각하라.

車軻元先生 停年退任(차가원선생 정년퇴임)

先生倏忽畢年迎
선생숙홀필년영
弟子思恩送別行
제자사은송별행
啓發鼓吹功績美
계발고취공적미
餘生百歲高名聲
여생백세고명성

선생님 갑자기 정년을 맞이하시니
제자들 은혜를 생각하며 송별잔치 하였네.
계발하고 고취하신 공적이 아름다우시니
여생은 백세를 누리시고 고명이 성대하기를.

自得(자득)

스스로 얻다

烟霧山腰秋色涼
연무산요추색량
白雲紅葉我心堂
백운홍엽아심당
詩書老後纔知味
시서노후재지미
觀物靜中天得祥
관물정중천득상

안개 자욱히 산허리 감싸며 가을빛은 서늘하고
백운과 붉은 단풍 보며 내 마음 당당하네.
노후에 시서(詩書)는 겨우 맛을 알게 되었으며
고요히 사물을 보면 자연히 상서로움을 얻는다.

吾廬(오려)

나의 초가집

浮雲東去灘南流
부운동거탄남류

兩岸僻村鳴鳥幽
양안벽촌명조유

綠水靑山吾作廬
녹수청산오작려

萬事滿足只閑遊
만사만족지한유

뜬구름 동으로 가고 여울은 남으로 흐르는데
양안의 벽촌에는 새소리 그윽하다.
녹수 청산에 내 집을 지으니
만사에 만족하며 오직 한가로이 노네.

杲岡人品(고강인품)

書屋硯池繞墨香
서옥연지요묵향
周知顯達藝人鄉
주지현달예인향
蒼翠文章杜李效
창취문장두이효
又筆風流鍾張光
우필풍류종장광

서옥의 연지에는 묵향이 감돌고
현달함을 두루 아니 예인의 고향이라.
푸르고 푸른 문장 두보와 이백에 본받고
또한 예필의 풍류는 종장(鍾繇·張旭)의
위광을 좇았네.

出版記念會(출판기념회)
杲岡詩(고강시)-유병리

右翁詩想在深耕
우옹시상재심경
數片終又竹冊成
수편종우죽책성
萬象森羅其裏滿
만상삼라기리만
世人龜鑑豈無明
세인귀감기무명

우암옹 시상(詩想)은 항상 깊이 밭 가는 데 있으니
몇 조각 실로 꿰매어 책을 만들었네.
삼라만상이 그 속에 가득하니
세상사람 귀감이 되니 어찌 밝음이 없으리오.

無求心安(무구심안)

구하지 않으니 마음이 편하다

無求於物效顔賢
무구어물효안현
碧樹窺窓露濕編
벽수규창로습편
心得安能花卉馥
심득안능화훼복
詩書興到忘寢眠
시서흥도망침면

물질을 구함이 없이 안회(顔回)를 본받으니
푸른 나무가 창을 엿보고 이슬이 책편을 적시네.
마음이 편안함 얻으니 백가지 꽃이 향기롭네.
시서에 흥이 나니 잠자리조차 잊도다.

偶吟(우음)

우연히 읊음

看書空寂窮却歡
간서공적궁각환
松翠香風有緣寬
송취향풍유연관
好筆作詩閑亦靜
호필작시한역정
不爭萬事微笑顔
부쟁만사미소안

글을 읽으며 고요히 보내니 궁함도 도리어 기쁘고
푸른 솔향기에 취하니 세상사 인연 너그러워지네.
붓을 좋아해 시를 지으니 또한 한가하고 고요하다.
만사에 다툴 일 없으니 얼굴에는 미소가 이네.

生滅無境(생멸무경)
삶과 죽음이 경계가 없네

生滅境無塵世時
생멸경무진세시
偶然今誕逢緣熹
우연금탄봉연희
恭持行道自治宜
공지행도자치의
義重忍和美裏其
의중인화미리기

생멸은 경계가 없지만 진세에는 시간의
한계가 있네.
우연히 금생에 태어나 만난 인연 기쁘고
공손히 생의 도리를 알아 자신을 다스리니
의를 중히 하고 참으면 그 속에 아름다움 있네.

晚年好靜(만년호정)

세월 흘러 고요함을 좋아하다

晩年好靜詞壇伴
만년호정사단양

萬事唯淳思裏香
만사유순사리향

窓外歲流其速射
창외세류기속사

我生昏暮夕陽鄕
아생혼모석양향

만년에 고요함 좋아하여 사단(詞壇)에 노닐고
만사가 오직 순박하니 생각이 향기롭네.
창밖의 흐르는 세월은 그 빠르기가 화살 같은데
나의 인생은 어느덧 석양에 다달았네.

警句(경구)

세상 일을 경계하며 살다

儒者宜當通六藝
유자의당통육예
心方立志無人干
심방립지무인간
雖當缺禮不微動
수당결예불미동
違法行爲未肯歡
위법행위미긍환

유자는 의당 예악사어서수에 통해야 하고
마음이 반듯하고 뜻을 세우면 남이 범하지 못한다.
비록 결례를 당하여도 조금도 움직이지 않고
법에 어긋나는 행위는 기뻐하지 아니한다.

人生紅葉(인생홍엽)

인생의 가을

人生客路幾過河
인생객로기과하
我幸平夷度世波
아행평이도세파
七十靑年顏色赤
칠십청년안색적
如山計劃事難何
여산계획사난하

인생 나그네길에 몇 번이나 강을 건넜던고?
나는 다행히 평탄하게 세파를 넘었도다.
칠십 먹은 청년의 안색이 붉은데
산처럼 많은 계획, 일이 어렵다니 웬 말인가?

照鏡洗心(조경세심)

깨끗한 마음 거울에 비추어 보다

虛堂獨坐萬相忘
허당독좌만상망
照鏡疎然接一姜
조경소연접일강
只得模形心不測
지득모형심불측
君眞我耶示賢良
군진아야시현량

조용한 집에 홀로 앉아 만상을 잊었는데
거울에 비추어 서먹하게 한 낯선 이를 만났네.
다만 모습은 알 수 있으나 마음은 헤아릴 수 없으니
그대가 참으로 나인가? 어질고 착한 것을 보여다오.

寄言好學者(기언호학자)

배우는 자에게 붙여 말하다 (김희동)

非才白髮落心時
비재백발낙심시
爲君寄語大成期
위군기어대성기
沈潛學藝無餘想
침잠학예무여상
其中有道煩悶離
기중유도번민리

재주 없음과 흰머리 된 것을 낙심하고 있다니
그대에게 말을 붙여 대성(大成)을 기약하리다.
학문과 예술에 푹 파묻혀서 딴 생각이 없으면
그 가운데 번민(煩悶)을 떨쳐버릴 길이 있다오.

富貴憂愁(부귀우수)

부귀하고 근심하다

富貴功名豈不僖
부귀공명기불희
榮光恥辱亦相耆
영광치욕역상기
憂愁喜樂時過離
우수희락시과리
藝志道心必須思
예지도심필수사

부귀와 공명이 어찌 부럽지 않겠는가만은
총애와 영욕이 역시 그 속에 찾아드네,
근심과 기쁨과 즐거움은 시간 가면 사라짐이라.
예술의 뜻과 도 닦는 마음, 반드시 생각하리라.

自評(자평)

스스로 평하다

意在詩書歲却耆
의재시서세각기
身超世譽野人知
신초세예야인지
喜哀苦樂時來往
희애고락시래왕
自糾功過刻鼎彝
자규공과각정이

시서에 뜻을 두고 세상 일 잊고 사는 노인
몸은 세상의 폄예(貶譽)를 초월한 야인임을 알건만
기쁨과 슬픔, 고통과 즐거운 처지 왕래하면서
공과 허물 헤아려 마음속 정이(鼎彝)에
새겨 준다네.

老益壯(노익장)

늙어 더욱 씩씩하다

歲月無休電速知
세월무휴전속지
百年大計未能期
백년대계미능기
老軀意欲尙如火
노구의욕상여화
必有榮光滿堂時
필유영광만당시

세월은 쉬지 않고 번개처럼 빠른데
백년의 큰 계획은 기약할 수 없으나
늙은 몸의 의욕은 아직도 불길과 같으니
반드시 영광이 만당할 때 있으리라.

聞佛法(문불법)
불법을 듣는다

萬劫輪廻積德須
만겁윤회적덕수
劬勞人間閑時無
구로인간한시무
零丁風采夕陽客
영정풍채석양객
來日何緣寄託軀
내일하연기탁구

만겁으로 윤회하니 반드시 덕을 쌓아야 하는데
힘들게 애쓰는 세상 한가한 때가 없도다.
쓸쓸한 풍채의 석양(夕陽)의 나그네여
내일에는 어느 인연에 몸을 기탁할 것인가?

喜怒(희노)

기쁨과 노여움

喜怒天情難作佯
희노천정난작양
小人奸巧輒商量
소인간교첩상량
凡夫表現無增減
범부표현무증감
君子慮深美目昌
군자려심미목창

희로는 자연의 정이라 거짓으로 꾸미기 어려운데
소인은 간교하여 이것저것 따져보아 표정 짓네.
범부의 표현에는 더하고 덜함이 없으며
군자는 사려가 깊어 늘 눈가의 표정이 밝도다.

思友(사우)

벗을 생각하다

羈客平生友幾何
기객평생우기하
學窓琢磨好時過
학창탁마호시과
官邊同僚成殘菊
관변동료성잔국
故人零星舊雅那
고인령성구아나

세상에 객으로 와서 좋은 친구 몇이나 될까
학창시절 절차탁마하던 좋은 때는 지나갔고
벼슬살이 동료들도 가을 국화 되었구나.
친구들 만나기 어려우니 옛날 아름다움을
어찌하랴.

偶吟(우음)

우연히 읊다

詩書贍富傲黃金
시서섬부오황금
墨畵忘時禍不侵
묵화망시화불침
歲月如流人自老
세월여류인자로
憂愁喜樂未搖心
우수희락미요심

시서가 섬부하니 황금을 우습게 보며
묵화로 시간을 잊으니 화가 침범하지 못하네.
세월은 물 흐름과 같아서 사람은 자연으로 늙으니
근심과 기쁨으로 마음을 움직이지 않는다네.

偶吟(우음)

우연히 읊다

汨沒詩書每日依
골몰시서매일의
遊心藝道風流歸
유심예도풍류귀
紅塵命運誰先定
홍진명운수선정
黑髮耳邊漸漸希
흑발이변점점희

시서에 골몰하여 매일 그 날이 그 날인데
예도(藝道)에 마음을 쓰나 풍류(風流)로 돌아가네.
세상사 운명을 누가 미리 정하였나
검은 머리는 귓가에 점점 드물어지는데.

吾不關(오불관)

나는 관여하지 않네

世事是非無息期
세사시비무식기
凌侵黑白互爭時
능침흑백호쟁시
身寰百歲夢中似
신환백세몽중사
自處詩耆不與其
자처시기불여기

세상사 시비가 멈출 기약이 없고
검다 희다 욕하면서 서로 싸울 때
사람세상 백년이 꿈결과 같으니
시인으로 자처하며 그것에 관여하지 않는다네.

朋友已老(붕우이로)

친구는 이미 늙었도다

白頭悲愁更遇秋
백두비수갱우추

春風綠蔭却無憂
춘풍록음각무우

親朋好客皆衰老
친붕호객개쇠로

憶昔追懷逸樂猶
억석추회일락유

흰 머리는 슬픈 일인데 또 가을을 만났구나.
춘풍과 녹음 시절에는 도리어 시름이 없었건만
친한 친구 좋은 객은 모두 시들고 늙으니
옛날 생각 추억함이 오히려 즐거운 일인가?

我生六十九年光復節(아생육십구년광복절)

내가 태어난 지 69년 광복절

光復我生歷史流
광복아생역사류
島蠻日本豈尙仇
도만일본기상구
挺身隊事濺哀淚
정신대사천애루
愛國英靈未解羞
애국영령미해수

광복해에 내가 태어나 역사는 흘렀는데
섬 오랑캐 일본은 어찌 아직도 원수(怨讎)인가?
정신대의 일에 슬픈 눈물을 쏟고
애국의 영령들에게 부끄러움을 풀지 못하였네.

安分(안분)

편안히 분수를 지키다

墨客光陰詩卷臨
묵객광음시권임
滿香落紙一生沈
만향락지일생침
安分此老隨時樂
안분차로수시락
世事忘機覓善心
세사망기멱선심

묵객은 광음의 세월 속에 시와 책을 임하고
향기 가득한 종이 속에 일생이 빠져드네.
분수 지켜 이 늙은이 때때로 즐거움이 따르니
세상 돌아가는 이치 잊으니 착한 일 찾는 마음.

모듭讚辭(한밖이가)

華城(화성)

虹門紅葉舞
홍문홍엽무
八達鳥鳴時
팔달조명시
光敎山丁頂
광교산정정
遠山蛾眉姿
원산아미자
行人衣道服
행인의도복
戌卒有矜持
술졸유긍지
萬事欣欣愜
만사흔흔협
吾將老此思
오장노차사

화홍문에 단풍잎이 날며 춤추고
팔달산에 새가 울 때에
광교산 정상에는 흰구름 지나고
먼 산에 보이는 것은 아미(蛾眉)의 모습이로다.
행인은 모두 복장이 단정하고
지키는 관리들은 긍지를 가졌도다.
만사가 기쁘게 마음에 흡족하니
나는 장차 여기서 늙을 것으로 생각한다네.

七言律詩(칠언율시)

華城有隱士(화성유은사)

화성에 유유자적하다

年來齷齪赴塵寰
연래악착부진환

近日華城舊棲還
근일화성구서환

西將臺高平地膈
서장대고평지격

長安門遙海天閒
장안문요해천한

京陽反目爭宜不
경양반목쟁의불

蝸角相望莫作頑
와각상망막작완

八達山中幽士在
팔달산중유사재

心憂國事失紅顔
심우국사실홍안

연래에 악착스럽게 티끌세상 갔다가
요즈음 화성의 옛집으로 돌아왔다네.
서장대는 높아 평지와 간격을 두었고
장안문은 멀리 해천(海天)과 사이 두었네.
서울·평양 사이 반목하니 싸우지 않음이 마땅하니
와각 위에서 상망하며 못되게 굴지를 말아라.
팔달산 가운데 그윽한 선비 있으니
마음으로 나라 일 걱정하여 홍안을 잃었다네.

春奉深幽士宮(춘봉심유사궁)

봄을 만난 그윽한 은사의 집

昨夜霏霖桃李紅
작야비림도리홍
今朝鳥鵲啼相攻
금조조작제상공
加冠處士深衣廣
가관처사심의광
進飯夫人齊眉崇
진반부인제미숭
婦道欣喜親接客
부도흔희친접객
家風孜勤訓校蒙
가풍자근훈교몽
常憂國家將來事
상우국가장래사
遠近相稱右老宮
원근상칭우로궁

어제 밤 조용히 비가 내려 복사꽃이 붉었는데
오늘 아침 까막까치 울기를 서로 다투네.
갓 쓴 처사(處士)는 도포 자락 넓고
진지상 올리는 부인은 눈썹까지 높이 받들었네.
부도(婦道)는 기쁘게 친히 손님 대접하고
가풍은 부지런히 동몽(童蒙)을 가르치는 것
항상 국가장래사를 근심하니
원근의 사람들이 우로(右老)의 집을 칭찬하네.

祥春光國(상춘광국)

좋은 빛이 나라에 가득하길

春來買忽桃花村
춘래매홀도화촌
朴統乘鑾國鞏根
박통승란국공근
慶事聯翩民庶頌
경사연편민서송
榮光重疊外中喧
영광중첩외중훤
逢難善處司空府
봉난선처사공부
對北良圖共樂園
대북양도공락원
以是人心和睦裏
이시인심화목리
吾期倍達萬年繁
오기배달만년번

봄이 왔네, 매홀(수원)의 복사꽃 피는 마을
박 대통령 승란(취임)하여 나라는 뿌리를 굳혔도다.
경사가 연달아 일어나니 백성들 칭송하고
영광이 중첩하니 나라 안팎이 떠들썩하네.
어려운 일 만나면 사공부서 선처하고
대북정책 잘 도모하여 낙원을 함께하세.
이것으로 인심이 화목하는 가운데
나는 배달민족이 만년 번영할 것을 기약한다.

敦族(돈족)

윤문의 자손

因緣莫重爲尹姓
인연막중위윤성
累代家傳仁德性
누대가전인덕성
賢子信孫繼祖方
현자신손계조방
嚴昭敦穆模先正
엄소돈목모선정
弟兄若己戚姻親
제형약기척인친
父母如天尊長敬
부모여천존장경
我族又希伸後裔
아족우희신후예
千心萬室一無竟
천심만실일무경

윤씨 성을 갖게 된 인연이 막중하니
여러 대 집에 인과 덕을 천성으로 전해 왔도다.
어질고 믿음직한 자손 조상님의 가르치심 계승하고
밝고 돈목한 선조를 본받았네.
형제는 자기 몸과 같으니 친척·인척과도 친하며
부모는 하늘과 같으니 나아가 어르신들을 존경하네.
우리 겨레 또한 후손의 삶을 신장(伸長)시켜
천만 마음 가정이 오로지 끝이 없어라.

右庵 **尹信行(尹泰伸)** Yoon, Sin-Hang

雅號 : 右庵. 宇岩. 企建
생년월일 : 1945년 7월 16일

440-822
경기도 수원시 장안구 장안로 6(우암서예학원)
Tel. 031-243-6056 / Fax. 031-243-6056
HP. 010-2343-6056 / E-mail. yoonsh4548@hanmail.net

略 歷

- 1981년~현재 우암서예학원장
- 1992년~2007년 한국예능문예교류회 초대작가
- 1996년~현재 원천중학교 서예 지도교사
- 1996년~현재 한국서화교육협회 운영위원
- 1998년~현재 한국서화교육협회 수원지부장
- 2000년~현재 한국서화교육협회 초대작가
- 2001년~현재 한국서화교육협회 경기도지부장
- 2002년~현재 경기도서화대전 운영위원장
- 2003년~현재 한국예능문예교류회 아세아서화협회 수원지회장
- 2004년~현재 수원시학원연합회 서예분과 위원장
- 2004년~현재 수원시교육장배 학생휘호대회 운영위원장
- 2005년~현재 한국통일비림협회 자문위원
- 1985년~1995년 우암서예학원 회원전 (10회 개최)
- 1999년~2009년 사랑의 전화 경기지역 대표
- 1994년~98년 송원여자중학교 서예 지도교사
- 1995년 삼성전관 서예 지도교사
- 1999년 수원여자중학교 명예 지도교사
- 2010년 8월 고려대학교 서예문인화 최고위과정 수료
- 2010년 8월 한국서예문화원 이사
- 2012년~현재 장안사랑발전회 고문
- 2012년~현재 대한민국기호학회 회장

◈ 저 서 ◈

- 1999년 시집출간 「한 그루 해송이 되어」 도서출판 예림원
- 2009년 제2집 「아픔은 세월 흐른 뒤 아름다움이었다」
- 2009년 역서 「방랑시인 김삿갓」
- 2005년 저서(서화교재) 「채근담전집」 도서출판 이화출판사
- 2005년 (서화교재) 「서화집」
- 2007년 저서(서화교재) 「채근담후집」 도서출판 이화출판사
- 2009년 저서(서화교재) 「예서, 천자문」
- 2009년 저서(서화교재) 「해서, 장맹용 천자문」
- 2010년 저서(서화교재) 「전서, 천자문」
- 2012년 저서(서화교재) 「전서, 명심보감」

- 2003년 세계평화미술대전 초대 출품
- 2004년 한·중 서화교류한국전 초대 출품
- 2005년 한·중 서예술교류전
- 2005년 중국 문등시 서법가협회 교류전
- 2006년 이충무공 시처화전 초대 출품
  외 다수

◈ 수상 경력 ◈
- 1986년 교육개발원장상
- 1995년 수원시장 표창 봉사상
- 1996년 나라사랑시공모전 대상
- 2005년 한국비림협회 교육문화상
- 2005년 수원시 장안구청장 봉사상 표창
- 2008년 한국서가협회 초대작가상
- 2007년 경기도지사 봉사상 표창
- 2010년 고려대학교 서예문인화 최우수작품상
- 2010년 대한민국서예대전 입선 다수
- 2010년 대한민국서서문학 삼절작가상
  외 다수

◈ 심사위원 ◈
- 한국서화교육협회
- 한국서예문인화서예대전
- 대한민국 정조대왕 "효" 휘호대회 심사위원장
- 한국서화작가협회
- 서예 문인화
- 화홍시서화대전
- 명인미술대전 외 다수

◈ 개인전 및 회원전 ◈
- 1991년 제1회 개인전, 장학기금조성展
- 2005년 제2회 개인전, 장애인돕기
  기금조성 및 회갑기념展
- 2007년 제3회 개인전, 장학기금조성전
- 2012년 제4회 개인전, 인사동 한국미술관
- 1985년~1994년까지 연10회 우암연묵회 회원전
- 2002년~현재까지 연11회 경기도서화대전 개최

◈ 초대작가 위촉 및 감사장 ◈
- 1985년 한국문화예술연구회 초대작가
- 1986년 한국서화가협회 초대작가
- 1988년 한국서화가협회 운영위원
- 1988년 한국서화가협회 10년사 편찬위원
- 1989년 사회발전협의회 이사
- 1990년 수원시 서예대전 발기인 및 사무처장
  외 다수
- 1992년 한국서화가협회 지도자 위촉
- 1992년 한국예능문화교류 초대작가
- 1992년 한양미술작가협회 초대작가
- 2009년 대한민국서예문인화 감사장
- 2009년 대한민국웅변협회 감사장
  외 다수

◈ 초대 출품 전시 ◈
- 1987년 대한민국문화미술대전
- 1987년 윤봉길의사 의거55주년기념사업추진
  초대 출품
- 1988년 서울장애자올림픽 전국종합예술제
  초대출품 및 지도위원
- 1991~92년 한양미술작가협회전
- 1996년 대한민국국제미술대전 초대 출품
- 1997년 제1회 한·중 국제서화가친선교류전
- 2001년 국제서화심미전 초대 출품
- 2002년 충효국제서화전 초대 출품

華城西齋集
右庵 尹信行 自吟集

印刷日 | 2021년 9월 6일
發行日 | 2021년 9월 15일

著　者 | 우암 윤 신 행
　　　　우 암 서 예 학 원(華城西齋)
　　　　경기도 수원시 장안구 장안로6
　　　　Tel.031-243-6056 H·P.010-2343-6056

發行處 | ❀ ㈜이화문화출판사
發行人 | 이 홍 연 · 이 선 화
　　　　서울 종로구 인사동길 12, 311호(대일빌딩)
　　　　Tel.02)732-7091~3(구입문의)
　　　　Fax.02)725-5153
홈페이지 | www.makebook.net
등록번호 | 제300-2015-92호

값 **10,000원**